穿靴子的猫
彼得·潘
绿野仙踪
爱丽丝梦游仙境
红发安妮
丛林之书

名著岛
亨塞尔与格莱特
王子与乞丐
海的女儿
美女与怪兽
木偶奇遇记
格列佛游记

魔法图书馆
涂色画

加嘉工作室［韩］智迫莉 著 ［韩］李景姬 绘 赵英来 译

魔法图书馆

遇见森林王子

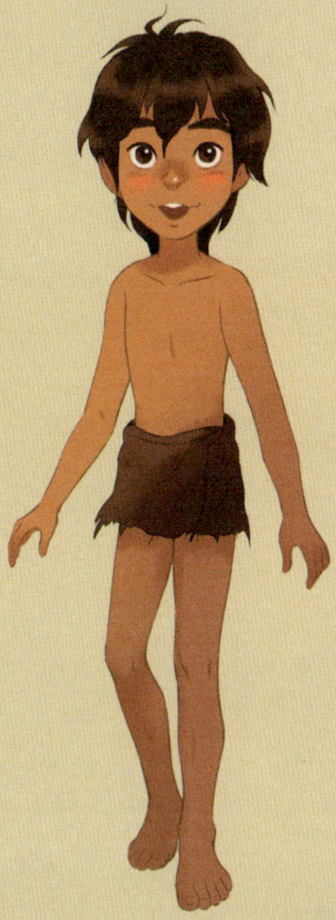

海峡出版发行集团
海峡文艺出版社

前情提要
每当作家用心创作出一部妙趣横生的作品时，
幻想王国中就会诞生与作品相应的故事王国。
人们所知道的故事中的主人公，也都
生活在幻想王国相应的故事王国之中。

一天，黑魔法师偷偷溜进知识场图书馆（魔法图书馆）中，把管理图书馆的魔法师托尼变成史莱姆，试图偷走具有强大魔力、能够统治幻想王国的黄金书签！

万幸的是，黄金书签具有自我保护能力，在黑魔法师到来之前预感到了危险，早已四散到各个故事王国中去了。

魔法书具有神奇的力量，能将散落各处的黄金书签收集在一起。现在，请让我们带上魔法书出发吧。

主要人物

甘妮

和家人一起登山途中穿越到幻想王国，开启了一段意想不到的旅程。丛林里的动物们对她的魔法书以及从书中拿出来的各种物品很感兴趣，由此引发了种种冒险。

尼妮

为了拯救突然消失不见的姐姐，不畏艰险踏上冒险之旅。她以非凡的想象力和独特的亲和力征服了丛林里的动物们。

莫格里

一个由狼群收养长大的“狼孩”，也是丛林里唯一的人类孩子。他试图通过自己的努力，化解人类与动物之间的矛盾，使大家和谐相处。

巴鲁

既是莫格里的好朋友，也担任着莫格里的父母和导师的角色。经常将莫格里称呼为“我可爱的小青蛙”。

棉花糖

甘妮和尼妮的宠物狗。既像甘妮一样头脑冷静，又像尼妮一样聪明活泼。在营救甘妮的行动中，她计划周密，表现出过人的能力。

巴希拉

和巴鲁一样，既是莫格里的好朋友，又是父母和导师。虽然看起来凶猛，但对孩子们十分友好。

卡奥

粗壮的蟒蛇，丛林里的霸主。刚刚蜕皮时，视力很差，连猴子和人类都无法分辨。每当她发出嘶嘶的声音，跳起饥饿之舞时，森林里的动物们就像被催眠了一样，身体不受控制。但这一招对人类并不管用。

希尔汗

厌恶人类，对狼群和莫格里充满敌意，企图杀死莫格里。他想利用黑魔法师给的力量，吃掉甘妮和尼妮。

灰猴群

通过观察，他们发觉甘妮很聪明。为了让甘妮当猴族的首领，他们对其进行了绑架。

黑魔法师

企图利用各种手段控制幻想王国的邪恶的魔法师。

目 录

引子 爬山好累
森林公园
这里空气真好，很清新！
是啊，好久没来山里了。真不错！
慢慢走。一开始就冒进的话，回头会很辛苦的。
姐姐，看这里！有蝴蝶！
尼妮，快来看看这些花。多漂亮啊！
姐姐，你听到流水声了吗？
这附近好像有溪谷。
哈哈，幸好孩子们喜欢。

这就已经筋疲力尽了？差不多快到了，再坚持一下！
三十分钟前你就说过这句话！
休息一下再走吧！
我以前说过喜欢登山，现在收回那句话！我再也不想上山了！
我也是！刚开始还好，现在好累啊。
不管是山，还是森林，我希望它们全部都消失！

啊，那边有松鼠！
真的吗？哪里？
棉花糖，不可以！快回来！
啪！
尼妮，小心点！
棉花糖，快站住！
自己突然跑掉很危险的……
啊！

要注意脚下。没事儿吧？
呜，好疼。
快看，棉花糖进魔法书里了！
汪
嗷嗷
棉花糖，等等我们！跟姐姐们一起去吧！
啊，怎么会有这么多树叶？

第一章　闯进森林会场

甘妮和尼妮落到了丛林里动物们聚会的岩石前面，很快就被无数动物围了起来。

动物们眨着眼睛，莫名其妙地看着突然出现的甘妮和尼妮。

大棕熊巴鲁走到姐妹俩面前，发出了低沉的咆哮声。

甘妮和尼妮吓得愣在原地，如同冻僵一般，不敢动弹。然而，棉花糖却丝毫不畏惧，摇着尾巴朝着巴鲁慢慢靠近。他们鼻子挨着鼻子，互相嗅了嗅对方的气味。

“棉，棉花糖……危险，快过来。”甘妮用颤抖的声音说。

“看来你们听不懂动物们的语言啊！”一个男孩从熊的身后走了出来，“我叫莫格里。我可以教你们。”

你们好！
我叫莫格里！

甘妮和尼妮见到同类，欣喜地大声喊道：“莫格里！”

“你好，我们是甘妮和尼妮。因为我们是旅行者，所以听不懂动物们的话。”甘妮先打了招呼。

“只要把心静下来，就能听懂动物们的话。要暂时放下人类的想法。”莫格里笑着说。

尼妮歪着头，疑惑地问：“怎么放下想法？从哪里放下来？”

话音刚落，动物们就发出一阵嘈杂的声音，仿佛是在取笑尼妮。

“跟着我一起做，从头部拍打到脚部，像这样。然后，嘴里默念‘一切杂念，埋入地下，归于平静’。”莫格里边说边示范动作。

甘妮和尼妮虽然觉得有点尴尬，但还是模仿莫格里做着动作，嘴里念道：“一切杂念，埋入地下，归于平静。”

巴鲁发出低沉的咆哮声走向孩子们。

“不知道你在说什么……不会是要吃了我们吧？”尼妮惊恐万分。

莫格里嘿嘿一笑，对尼妮说：“巴鲁说你们做得很好，但还要更集中一点。好了，慢慢再试一次。”

甘妮和尼妮按照莫格里的话，集中精力，从头开始拍到脚尖，默念："一切杂念，埋入地下，归于平静。"

"尼妮姐姐，做得不错！"一个稚嫩的声音突然响起。

"是谁叫我姐姐？"尼妮瞪大了眼睛，环顾四周。

尼妮和棉花糖对视了一下。

"尼妮姐姐，你听懂我的话了吗？"棉花糖说。

甘妮简直不敢相信自己的耳朵，尼妮更是惊慌得不小心向后摔了个屁股蹲儿。

"棉花糖在说话？"甘妮惊魂未定。

"现在终于能交流了。"棉花糖开心地笑着。

在姐妹俩与棉花糖愉快交流之时，又一个声音突然响起："你们妨碍我们开会了，现在可以安静点吗？"说话的是站在岩石上的狼群首领阿克拉。

甘妮不好意思地说："很抱歉打扰你们开会了，但是这个会议……"

就在这时，老虎希尔汗向前迈了一步。他两眼射出凶猛的光芒，发出了阵阵咆哮声。

甘妮和尼妮听到希尔汗的声音后，吓得缩成了一团。

看到姐妹俩害怕的样子，莫格里赶紧安慰道："别在意希尔汗的话。他一向厌恶人类。"

滚开！人类最不值得信任。

大棕熊巴鲁站了出来，用浑厚的声音说：“她们只是旅行者而已，教她们认识丛林也没什么坏处。”

“人类的孩子更应该多了解丛林。那样，他们才能对丛林有正确的认知。”黑豹巴希拉用平静的语气附和着。

突然，甘妮和尼妮感觉有人一直在盯着自己。

原来是一只通体黑色的猫。他正站在不远处，恶狠狠地盯着姐妹俩。

尼妮戳了戳甘妮说：“姐姐，那只猫看起来不太友善啊！我还以为猫都很可爱呢。”

“是啊，好像一直在盯着我们看……丛林里怎么会有猫呢？”甘妮点头表示同意。

这时，黑猫收起了杀气腾腾的眼神，换了一副楚楚可怜的样子走到岩石前。接着，他装出十分可爱又天真的模样，开始向森林里的动物们倾诉：“我是住在人类村庄的猫。人类的小孩会向我扔石头，大人们强行拔掉我的胡子，说是要用它做护身符。他们真的坏透了。人类不仅欺负像我这样的小动物，他们还以开发森林的名义，对森林大肆破坏，进而达到毁灭森林的目的。如果想要保护我们赖以生存的家园，我们就要先下手为强。在人类行动之前，消灭掉人类的村庄。”

听了黑猫一番极具煽动性的话语，森林里的动物们群情激愤，有的甚至发出了凶狠的咆哮。

“让我们现在就去踏平人类的村庄吧！”胡狼塔巴奎蠢蠢欲动。

动物们骚动起来，随后一个接一个表示赞同。

这时，狼群首领阿克拉站了出来，用他浑厚的声音说：“安静！安静！”

动物们的喧闹声逐渐平息后，莫格里说：“那只猫今天第一次参加我们的会议。我们不能只听信他的一面之词，更不能贸然行动。”

“莫格里，看来你站在人类一边。这也难怪，因为你身上流淌着人类的血液。”希尔汗毫不客气地反驳。

希尔汗刚说完，塔巴奎就提高了嗓门附和：“人类就不要掺和了。把森林的事交给森林里的动物们处理吧。”

这句话激怒了莫格里和莫格里的朋友们，他们朝着塔巴奎龇着牙，喉咙里发出一串串低沉的吼声。

阿克拉大喊：“一旦战争爆发，所有人都难逃厄运，战争是没有赢家的游戏。就像你说的，莫格里也是人类。如果莫格里出面的话，也许能够说服那些威胁到我们的人类。”

“不仅如此，他还是从我这里学到丛林法则的狼崽子。”巴鲁也咆哮道。

巴希拉以强硬的口气对希尔汗说：“没错，如果是莫格里的话，他可以往返于丛林和人类村庄之间，帮助我们和平地解决问题。而且，到目前为止，莫格里从没有伤害过这个丛林里的任何动物。”

“轰隆轰隆！”就在这时，森林里突然响起了巨大的轰鸣声。

“咔咔咔——哐！”不久后，就传来了树木倒下的声音。

“人类在砍树！”鸟儿从倒下的树上飞起，他们惊恐地尖叫着，急促地拍动翅膀向四周逃散。

“猫说得对！人类在破坏森林！”正在开会的动物们纷纷离席，向森林深处逃去。

甘妮和尼妮犹豫不决，不知如何是好。

尼妮看向森林的尽头，迟疑地问：“姐姐，我们要不要跟着动物们进入更深的森林？要不要去说服人们不要破坏森林啊？”

甘妮沉吟了一会儿，说：“贸然插手人家的事情，有可能会引起不必要的误会。想要说服这里的人，肯定也不是件容易的事。”

“但是，我们也不能就这样逃跑啊！”尼妮不以为然。

“可是如果出了什么差错，我们也会陷入危险之中。要是被倒下的树木压到，那该怎么办呢？”甘妮劝说着尼妮。

“别担心，我有个好主意。”尼妮轻轻一笑，把手伸进魔法书里，从魔法书中召唤出托尼，“托尼，请你模仿一下幽灵！”

托尼从魔法书中飞出来，一边飞，一边将身体变成红色。

“我是森林之灵！谁要是敢破坏森林，我一定不会善罢甘休！”变成红色幽灵的托尼，在空中嗖嗖地飞来飞去，随即又冲向人群。

“是幽灵！是幽灵！”人们惊恐万分，连忙停下手中的工作，朝着森林外拼命逃跑。

甘妮和尼妮躲在暗处，观察着大家逃跑的样子。尼妮转过身笑着对甘妮说：“姐姐，怎么样？这次我做得不错吧？”

快跑啊！
幽灵！

可是，甘妮不在她原来站的地方，只有棉花糖孤零零地坐在那里。

“棉花糖，你没看到姐姐吗？”尼妮询问棉花糖。

“啊！刚才还在我旁边，去哪里了呢？难道上天了吗？遁地了吗？闻不出任何味道……地上也没有洞啊……应该是上天了吧？”棉花糖一边四处嗅着，一边滔滔不绝道。

尼妮呆呆地注视着棉花糖，不由得感叹："你……可真是能说啊。"

棉花糖突然大叫一声，说："现在不是说这个的时候！当务之急是快去找甘妮姐姐！再从魔法书里召唤出托尼问问吧！"

尼妮这才后知后觉地意识到，魔法书也不见了。

此时，甘妮已经被灰猴们掳走，嗖嗖地穿梭于密密麻麻的树林之间。甘妮仿佛进入了时空隧道，无尽的绿海在眼前展开，广袤的森林像大地的绿色披风，延绵不绝。这是一个神秘而壮阔的世界，虽然风景很美，但甘妮无暇欣赏。

“你们到底要带我去哪里啊？”甘妮大声问道。

猴子们吵吵闹闹，喧闹声回荡在整个森林里。他们实在是太聒噪了，一路上说个不停，弄得甘妮心烦意乱。今天早上吃了什么，谁又和谁吵架了……猴子们刺耳的叫声像无休止的波浪，不断冲击着甘妮的耳膜。

猴子们的喧闹声震耳欲聋，吵得甘妮不禁想要捂住耳朵。

这时，猴子们开始谈论起甘妮的事情，甘妮竖起耳朵仔细地倾听。

“戴眼镜的人都很聪明。据我了解！”

“真的吗？那么如果她能成为我们的首领，我们也会变得聪明吧？”

“那当然了！我们将会成为丛林里最聪明的种族。今后，谁也不敢无视我们了！”

“她手里的那本书，也要好好保管才行。只要有那本书就可以随时使用魔法了！”

“看到人类都被打败了吗？她们可真聪明！”

听到这里，甘妮委屈地喊了一声：“那不是我干的！”

但猴子们谁也没有听到。他们聊着聊着，突然唱起了歌：“我们真聪明，我们真厉害。我们的决定是最棒的！我们是丛林中的佼佼者！”

听着猴子们的歌，甘妮无奈地叹了口气。

“尼妮和棉花糖，她们还好吗？能找到我吗？没有魔法书的情况下，她们要是在这样的丛林里迷路的话，那就太糟糕了。我要是被猴子们抓走了，再也回不了家该怎么办啊？”甘妮穿梭在密林之中，手里拿着魔法书，心里焦虑万分。

与此同时，尼妮正不知所措地在姐姐消失的地方踱来踱去，口中念道："姐姐不会无缘无故地离开我。她一定是被绑架了。绑匪还带走了魔法书，怎么办？魔法书千万不能落入坏人手中。"

"不会是黑魔法师吧？"在尼妮旁边原地打转的棉花糖问。

尼妮尖叫起来，大声地说："你怎么能这么说？！姐姐不会轻易被抓走的！你说话小心点！"

棉花糖吓得立即道歉，尼妮这才意识到自己说得有点过分了。

“对不起。因为太担心姐姐，所以没控制好情绪。”尼妮对着棉花糖道歉。

尼妮和棉花糖一起陷入焦虑和不安的泥潭之中，心情异常压抑，情绪濒临崩溃。终于，她们俩抱在一起放声大哭起来。

“姐姐，怎么办啊？我们怎么办才好啊！”

这时，一个巨大的影子笼罩在哭泣的尼妮和棉花糖身上。

第三章　成为猴群首领

刚到达巢穴，猴子们就将甘妮放到了地上。如果忽略无处不在的猴子们的歌声，眼前真是一幅令人叹为观止的景象。

虽然这里满目疮痍，景象破败，却散发着神秘而古朴的气息。

一根粗壮的树根深深扎入古老的城墙，与之融为一体。繁茂的根须爬满了城墙，用它的沉默和坚韧默默守护，使城墙历经风霜依然屹立。

“这么深的丛林里怎么会有这样的城堡？”甘妮仔细环顾着四周，问道。

面对甘妮的提问，猴子们自顾自地吵吵嚷嚷，谁也没有回答问题。接着，他们又唱起歌来。甘妮觉得跟这些猴子们说话，简直就是对牛弹琴。

甘妮无奈地摇了摇头。

就在这时，一只猴子试图翻开魔法书。

“不行！”甘妮慌忙挡住了他。

拿着魔法书的猴子吓得将书直接扔到了地上，另一只猴子立刻捡了起来，质问道：“为什么不行？你想自己独占，是吗？”

甘妮灵机一动，解释道：“我是怕你们受伤。只有被允许的人才能打开魔法书。”

手里拿着魔法书的猴子，仿佛变成了石像一样，凝固在原地。

如果不被允许的动物触碰了魔法书的话，会怎么样呢？会发生什么？

把手伸进魔法书里，手就会立刻变成石头。再也没办法使用手了！

你说的话……是真的吗？那我还是还给你吧。

当然了，我不希望你们受到伤害。

我们也不想受伤，不想生病！

我希望你们像现在这样自由快乐。不，我希望你们变得更聪明，更优秀。因为我会成为你们的首领。不是吗？

听到甘妮的话，猴子们欢呼雀跃。

哇！我们也有首领了！我们是最棒的！

我们真聪明！我们真厉害！

我们是丛林中的佼佼者！

甘妮带领着猴子们走进了城堡。她故意昂着头，气势十足地走在前面。

一只猴子窜到甘妮身边，恭敬地说："请到这边来，伟大的首领。请您坐在大会厅的宝座上。"

看着猴子们弓着身，小心翼翼的样子，甘妮不禁感到十分滑稽。但是，她忍住了笑。

大会厅的墙壁是大理石材质的，上面镶嵌着玛瑙、红玉、碧玉、青金石等各式各样的宝石。大厅一侧摆放着一个巨大的宝座。虽然有各种漂亮的装饰和精致的雕饰，看起来很华丽，但因为是石头，所以坐起来硬邦邦的。

这时，甘妮在猴子们的注视下，若无其事地打开了魔法书。然后，从魔法书里慢慢地拿出了一个华丽而高级的坐垫。

"呜哇——"猴子们发出一阵阵惊叹声。

甘妮再次把手伸进魔法书。猴子们屏住了呼吸，静静地盯着魔法书。

这次甘妮从魔法书中取出了一个大蛋糕，用勺子给猴子们分了一些。猴子们尝到味道后，舌头就在嘴巴里不停地打转，迫不及待想要接着吃。

甘妮捧着蛋糕，对猴子们说："好，如果你们能回答我的问题，我就给你们吃这个蛋糕。第一个问题，谁知道黄金书签在哪里？"

猴子们面面相觑，谁都答不上来。

“那么有谁知道，今天人类为什么要砍伐森林？”甘妮继续发问。

这次，猴子们仍然没能作答。

“哎，你们到底知道什么啊！”甘妮深深地叹了一口气。

突然，甘妮似乎想出了个好主意，一拍大腿说：“对了！不知道也没关系，想办法打听清楚就行了！”

甘妮向右边的一群猴子发出指令：“去找黄金书签！”

接着，她又向左边的一群猴子下达命令：“去村子里打听一下他们为什么要砍伐森林！”

被下达命令的猴子们一一向甘妮敬了个礼，然后立刻散开了。还剩下一群猴子待在原地。

甘妮对其余的猴子们问道：“你们为什么不跟着去，还在这里做什么？”

有的猴子说要随侍首领左右，有的说要监视周围的动向，有的说要守卫城堡安全，总之罗列出一大堆理由。

还没等甘妮参观完城堡，去村子里打探消息的猴子们就返回来了。这些猴子中，有一半在路上就忘记了命令，剩下的一半还在跟村子里的孩子们玩耍，最终完成任务的只有三只猴子。幸运的是，他们带来了非常重要的情报。

尊敬的首领大人！据我们打探，村子里来了一个有钱的开发商。他向村民们承诺，帮他们一起开采森林，并给他们建造漂亮的房子。

但是，我发现那个开发商很奇怪，他去自己的房间，脱下人类面具后，竟变成了一股黑烟！他都没有注意到，我们在暗处偷窥。

你说什么？难道是黑魔法师在煽动村民？

黑魔法师是什么？我只知道蛋糕，蛋糕可太好吃了！

甘妮感到十分无语，但也不想跟猴子们多费口舌。她赶紧将蛋糕分给三只猴子，随后陷入了沉思。甘妮现在迫切地需要跟人商量并制订相应的对策。可是，这里只有好吃贪玩的猴子。

“尼妮，你到底在哪里啊……”

第四章　黑魔法师的诡计

此时的尼妮，还在原地与棉花糖不知所措地抱头哭泣。

莫格里走到哭泣的尼妮和棉花糖身边。巴鲁和巴希拉也一起慢慢走了过来。

巴鲁把一只厚厚的手掌，放在尼妮肩膀上，安抚道："你在找甘妮吧？鸟儿们告诉我说，灰猴们带着甘妮穿过树林，去了森林深处。很明显，那些灰猴要去的地方就是他们的城堡。"

“我们会一起帮你找甘妮的，别担心。”巴希拉也在一旁点了点头。

经过大家的安抚，尼妮显然振作起来了。她握紧拳头站了起来，说：“谢谢！那我们现在就去找姐姐吧！”

一行人穿过茂密的丛林，走向灰猴群的城堡。一群包括松雀鹰在内的鸟儿们，在队伍的前面给他们引路。

与此同时，一个不速之客造访了希尔汗的洞穴。他就是黑猫。

“伟大的希尔汗大人，您的一言一行令我十分敬佩！您对人类有着准确无误的判断。”黑猫说着阿谀奉承的话，向希尔汗施了个礼。

心情舒畅的希尔汗问道：“是吗？你找我有什么事？”

黑猫接着说：“我有话要对希尔汗大人说，所以才找到这里。我认为，只有大人您才拥有守护森林的力量和智慧。如果森林里的动物们一开始就跟随希尔汗大人的话，就不会发生今天这样的事情了。”

听到称赞的话语，希尔汗得意扬扬地昂首挺胸。

“虽然有个凶恶的皮囊，但也只是个愚蠢的傻瓜。”黑猫见状不禁在心里嘲笑，但嘴上却说，“人类不会停止对森林的破坏。这一次，请您务必守护住森林，成为真正的丛林霸主。”

希尔汗掩饰不住喜悦的心情，不紧不慢地调整了一下坐姿，摆出一副趾高气扬的姿态。

那是我一直以来梦寐以求的事情。你认为，我该怎么做才好？如果你的意见合理的话，我也许可以考虑一下。

首先，消灭掉森林里的人类。那些小孩子，吃起来应该会很美味的。然后，再把村子里的人也都吃掉。就在晚上人们入睡的时候，悄悄潜入村子大干一场！

那个……虽然是我长久以来的愿望……但是，实施起来没那么容易……

希尔汗大人，我会助您一臂之力，让您变得更强大。

轻而易举地说服希尔汗后，黑猫便从洞穴里走了出来。这次，他决定去找蟒蛇卡奥。

“倘若森林里最强大的卡奥也站在我这边，那么征服丛林简直就是易如反掌。”黑猫挺起腰身站起来，叹了口气，“如果不是上次那场大战的话，我也没必要辛辛苦苦四处游说了。甘妮和尼妮，这次我一定不会放过你们！”

黑猫紧握毛茸茸的拳头，可爱的脸上露出了凶狠的表情，让人看了不寒而栗。

黑猫找到卡奥，把对希尔汗说的话重复了一遍，极尽谄媚之姿。但是聪明的卡奥没有被邪恶的黑猫轻易说服。

你虽然看起来乖巧可爱，却是只邪恶的猫啊。我既不希望人类村庄毁灭，也不希望森林消失。动物和人类互不侵犯，彼此维持着平衡生活才是最好的选择。

但是……卡奥大人！如果这样下去的话……

我要开始蜕皮了，所以不要打扰我。你现在可以走了！

突然，黑猫变成了黑魔法师，开始恶狠狠地对卡奥进行威胁。

看来我们之间达不成共识了。

怪不得总觉得奇怪！原来你不是普通的猫啊！

战争已经拉开了帷幕。要么站在我这边，要么永远消失，你只能选择一个。

竖子狂悖！

卡奥勃然大怒。他的眼睛里闪烁着怒火，身体前倾，张着大嘴，发出“嘶嘶”的声音。

你这家伙！

没人能命令我！哪怕是森林之王也不行！

黑魔法师躲过了拼命扑过来的卡奥。他觉得，现在不能把精力浪费在对付卡奥上，更不能在自己的身体还没有完全恢复之前随意使用魔法。

忽然，平地起了黑雾，一转眼，黑魔法师就消失不见了。

“看来真出事了。不是村子和森林的问题，而是出现了更大的危机。蜕皮后一段时间，我的视力会变得很差，还真有点担忧啊。”卡奥喃喃自语。

在卡奥这里碰钉子的黑魔法师打算去寻找灰猴群。因为据森林里广为流传的谣言称，灰猴群掳走了甘妮，并且偷走了魔法书。

黑魔法师先以黑猫的形象，慢慢接近了灰猴群。他装作天真可怜的样子，在灰猴群里游说：“各位，人类要破坏森林了。”

话音刚落，猴子们一拥而上，有的拽猫的耳朵，有的拽猫的尾巴，有的揪猫的胡子玩，根本不听黑魔法师说的话。灰猴们完全没把他放在眼里，对他失去兴趣之后开始相互追逐，嬉戏打闹，到处一片嘈杂。

够了，够了！我说，人类要破坏森林了！

我们把这只猫带到首领那里吧！他这么可爱，首领一定会喜欢的！

“竟然崇拜人类，你们这些愚蠢的家伙！”黑魔法师在心里痛骂猴子。他觉得，是时候露出自己的真正面目，震慑一下这群猴子了。

瞬间，小小的黑猫变成了高大的黑魔法师。

来，你们睁大眼睛看好了。我是比人类更高级的存在。我比他们更聪明，比他们更优秀，难道你们不想追随我吗？

哇！手上冒出了火球！

让他做我们新的首领吧。没有魔法书一样的东西，也能从手里立刻变出魔法！他是不是更厉害啊？

把新首领带到人类首领那里吧。有了两个首领，我们种族的智慧也会成倍增长。竟然能想到这个办法，我简直太聪明了！

好吧！快带我去见那个旅行者！

“不，黑魔法师怎么会来这里？”黑魔法师刚走进大会厅，甘妮就惊恐地从座位上站了起来。

“呵呵呵，趁我好说话的时候，乖乖把魔法书拿来吧。”黑魔法师的手掌里冒出了一股黑烟。随后，这团黑烟快速向甘妮和魔法书席卷而来。

甘妮赶紧从魔法书中取出电风扇，对着黑魔法师的方向猛吹。不一会儿，烟雾就被吹散了。

“像这种程度的反击，对于我而言就是被蚊子叮了一下而已。你知道‘胜券在握’是什么意思吗？这次我不会再手软了。”黑魔法师冷冷一笑。

甘妮灵机一动，从魔法书中掏出一串串香蕉扔向黑魔法师，并大声地说：“猴子们，这是礼物！”

看到香蕉的猴子们，恶狼扑食般扑向黑魔法师。

“我们要捍卫人类首领！果然还是人类首领了解我们的需求啊！”

“都给我滚开！”被淹没在猴群中的黑魔法师崩溃地大喊。

当黑魔法师好不容易从猴子堆里爬出来的时候，甘妮又撒出了桃子，继续引导猴子：“这个更甜更好吃哟！”

随后，乌泱泱的一大群猴子又不顾一切地扑向了黑魔法师。

“猴子太多了，先撤退吧！”黑魔法师艰难地从猴群中挤出来，灰溜溜地逃跑了。

第五章 全力追击

尼妮和莫格里一行穿过森林，来到了一条湍急的河流边。为了确保安全，巴希拉驮着尼妮，棉花糖骑在巴鲁肩膀上，而莫格里则得到了鳄鱼的帮助，坐在鳄鱼的背上渡河。

“灰猴群住的地方离这里有多远？我们还要走多久？”骑在巴希拉背上的尼妮问道。

松雀鹰扇动着翅膀回答道：“看到前面的山了吗？猴子们的城堡就在那里，应该差不多快到了。”

听完松鹰雀的话，尼妮有点沮丧，她闷闷不乐地说：“我妈妈也说过类似的话，我起初信以为真。后来发觉，好像真实的情况并不一样……”

尼妮说完就意识到自己的话有些失礼，她连忙找补：“不，我不是这个意思！真的很感谢大家。我只是太担心姐姐了，所以才……”

尼妮其实十分自责，她总觉得这一切都是自己的错。自己明明跟姐姐离得那么近，怎么就没有察觉到异常呢？

渡过河流后，尼妮和莫格里一行人进入了山下的丛林。这时，走在前面的巴鲁突然停下了脚步，警示道：“嘘！大家都趴下！”

听到巴鲁的话，大家都低下身屏住了呼吸。不远处传来了人类窃窃私语的声音。

“在这样的森林深处，怎么会有那么多人？村民们不可能来这里啊。”莫格里困惑地说。

莫格里率先爬到前面的灌木丛中，利用灌木丛遮掩身体，往外观察了一会儿，然后向大家招手示意。随后，其他人也小心翼翼地爬了过去。

那儿有一群穿着精致的服装的外地人。其中一个人正在指使其他人把机器运进来。

莫格里，看看他们周围的草是不是枯死了。

是的，全都枯死了，还变成了黑色。

人类可能会踩死草，但不可能让它们变得如此枯萎。那绝对不是人类能做到的。

我认为动物也不可能做到。

如果连巴鲁和巴希拉都没见过的话，那到底是什么？

他既不是人，也不是动物。那是黑魔法师。

黑魔法师？

上次我在海洋王国中见到过他。黑魔法师一出现，周围的海草就都变黑了。

这下麻烦了……

光靠我们的力量是不够的，我们需要卡奥的帮助。她比我们强大，也更有智慧。

卡奥的洞穴离这里不远。我们先去卡奥那里吧。

尼妮和莫格里一行人来到了卡奥经常待的岩洞的入口。不知何时，尼妮走在了队伍的前面。尼妮刚要踏进洞穴，巴鲁就一把抓住了她。

人类的孩子进入洞穴会很危险。如果卡奥刚蜕完皮，她会误认为你是猴子，把你吃掉的。

尼妮吓了一跳，赶紧退到队伍后面。

我不想被吃掉，尤其是蛇就更可怕了！

我的想法和你不同。我宁愿被蟒蛇吃掉，至少蟒蛇不会把我撕成碎片，而是整个吞下去。

啊，我已经够害怕了，不要再说了。

听到外面的吵闹声，卡奥缓缓爬了出来。褐色和黄色相间的斑纹，随着蛇身的扭动，不停地变换着各种形状，看得大家目瞪口呆。刚刚蜕完皮，饥肠辘辘的卡奥张着大嘴，口中不断吐着蛇信子慢慢向大家靠近。所有人都不敢轻举妄动，静静地站在原地。

这时，莫格里赶紧喊道：“你和我，我们血脉相连！”

听到莫格里的喊声，卡奥停住了脚步。

为了躲避卡奥，惊恐不安的尼妮一点一点退到巴鲁和巴希拉的后面，把手搭在了两人的背上。多亏了尼妮的触碰，巴鲁和巴希拉才从卡奥的催眠术中醒过来。

卡奥眯着眼睛，慢慢悠悠说起话来。她像刚睡醒一样，声音慵懒而无力。

我刚刚蜕完皮……你是谁啊？

我是人类和狼的孩子莫格里。巴鲁和巴希拉也一起来了。还有像我一样的人类幼崽，旅行者尼妮。对了，还有一只小狗。

去打猎的话，人数似乎太多了……你们有什么事吧？

没错，灰猴群抓走了一个旅行者。我知道，灰猴群最害怕你了。

就是私下里说你是一条“没有脚的黄蚯蚓”的那帮家伙，可恶的灰猴群。

卡奥气得直起了身子。巴希拉对说错话的巴鲁露出了埋怨的表情，随后赶紧岔开话题。

而且森林里出现了黑魔法师。他好像要带着人类破坏我们的森林。我们必须尽快阻止他们。

什么？带着人类破坏森林？那可真有趣。这么说起来，今天还有一只黑猫在我蜕皮之前找到我，让我跟他一起摧毁村庄来着。那只黑猫还会变身……

从卡奥嘴里听说黑猫变身为黑魔法师的事情后，尼妮和莫格里一行人知道了黑魔法师正到处挑拨离间、煽动情绪。

黑魔法师想要摧毁森林和村庄，抢夺黄金书签！可黄金书签到底在哪里啊？

黄金书签？

你们是来寻找黄金书签的吗？

小不点儿旅行者，你怎么知道黄金书签？那是非常珍贵的东西，也是十分危险的物品。

是魔法图书馆的大魔法师托尼委托我们来寻找的。旅行者可以在幻想王国中自由穿越，所以我们就一直在帮托尼，找寻散落在各处的黄金书签。我们来这里的目的，也是为了寻找黄金书签。

听到尼妮的一番话，大家都大吃一惊。当然，棉花糖除外。

四周一片寂静，时间仿佛在这一刻停滞了。

这时，巴希拉打破了静谧的氛围。他笑着说：“我还以为只有‘小青蛙’莫格里是伟大的人类幼崽。没想到，竟然还有这样的人类孩子。哈哈。”

巴鲁接着说：“找到甘妮后，我带你们去黄金树那里。丛林中的黄金书签消失的那一天，突然长出了黄金树。我想，两者肯定有某种关联。”

“好吧，看来还有很多事情要做，那我们快点行动起来吧！”卡奥舒展了下身体，随即带头出发。

第六章　营救甘妮

尼妮和莫格里一行人，以及卡奥终于抵达了灰猴族的城堡。

好了，现在我们闯进去吧！

冷静点，猴子的数量太多了。

确实，如果盲目闯进去的话，可能会对我们不利。

没错，而且猴子们发起疯来，谁也控制不住他们。他们聒噪的叫声，都会让我们精神崩溃。那座破败的城堡说不定就是因为承受不住猴子们的喧闹声而倒塌的。

我认为，首先要查出姐姐在哪里。

你真是既可爱又聪明啊。

这时，棉花糖站了出来。

“我有个好主意。我先进去搞清楚甘妮姐姐的确切位置。我熟悉姐姐身上的味道，应该很快就能找到她。见到姐姐后，我会‘汪汪’叫两声。到时候卡奥一个人从西边进来。猴子们都很惧怕卡奥，所以他们不会轻易发起攻击。不管怎样，猴子们都会涌向那边吧？到那个时候，你们就可以从另一侧进来救我们了。最后，卡奥吃几只猴子，饱餐一顿，我们的营救作战行动就完美落幕了。”

棉花糖流利地说出了作战计划，大家惊讶得张大了嘴巴。棉花糖被一行人的反应给逗乐了，心里美滋滋的。

“因为眼睛看不清楚，都不知道有你的存在。原来还有这么一个了不起的朋友啊。很高兴认识你。”卡奥笑着说。

听到卡奥的话，大家都不禁笑了起来。

战斗即将开始，所有人带着严肃的表情移动到了相应的位置。

“虽然感觉你能做得很好……但还是要小心啊，知道了吗？”尼妮抱着棉花糖说。

“别担心，尼妮姐姐。猴子们看到我时，我就把身体蜷缩成一团，假装是个棉花团。放心吧，我心里有数！”棉花糖信誓旦旦地说。

看着棉花糖远去的背影，尼妮喃喃自语：“姐姐每次看我的心情，估计就跟现在的我一样吧？”

卡奥在蜕皮的过程中，消耗了太多体力，因此拖着沉重的身体向上攀爬并不容易。但是，她仍然凭借惊人的力量慢慢爬上了墙。卡奥的鳞片碰到城墙时，发出了窸窸窣窣的响声。

其余的人打算从东门进入里面。这时，大家发现门被一块岩石牢牢堵住了。然而，力大无比的巴鲁轻松地挪开了石头。巴希拉率先走进幽暗的入口，他瞬间就被黑暗所吞噬。

莫格里和尼妮也小心翼翼地跟在后面，生怕发出一点声音。

而另一边的棉花糖跑着跑着，就将身体蜷缩成一团，不断翻滚着来到了大会厅。她循着甘妮身上独特的气味，一路摸索着前行。终于，棉花糖见到了心心念念的甘妮。

“甘妮姐姐！”棉花糖兴奋地跑向甘妮，投入她的怀抱。

甘妮紧紧抱住棉花糖，忍不住哭了出来，边哭边说：“你是怎么来到这里的？我一个人在这里孤零零的……你竟然能找到这里！谢谢你，棉花糖。我真的太想你了。”

甘妮的情绪逐渐地稳定了下来。她询问棉花糖：“尼妮呢？她还好吗？没受伤吧？”

棉花糖担心猴子们会偷听，没有立刻回答。“汪汪！汪汪汪！”棉花糖只是不断地发出高亢的叫声。她的叫声急促，充满力量和激情。

收到棉花糖的信号后，大家立即展开行动。卡奥迅速爬进了城堡。

沉重的身躯与地面摩擦的声音，似乎越来越近了。惶恐不安的猴子们，尖叫着开始四处逃窜。

“啊！是蛇！”

“不，不是普通的蛇！是卡奥！卡奥！”

“天哪，卡奥来了！”

猴群迅速分裂成两派，一派试图攻击卡奥，一派想要逃走。各种各样的声音在空中翻腾碰撞，震耳欲聋，仿佛整个城堡都在颤抖。

随着猴子们喧嚣嘈杂的声音传来，甘妮也开始惴惴不安。这时，她突然想起爸爸说过的话。她赶紧从魔法书里拿出一套音响设备。“爸爸说过，蛇害怕震动。这样蛇就不敢来这里了。”

瞬间，巨大的音乐声传遍了整个城堡。让人意想不到的是，猴子们竟然跟着美妙的旋律跳起舞来。他们陶醉在音乐的世界里，将逃跑的事情抛在了脑后。

尼妮和莫格里一行人循着音乐声找到了甘妮。可是大家发现，暂时还无法靠近她。因为猴子们被音乐所吸引，源源不断地聚集到了甘妮的身边。幸好大家都在兴奋地载歌载舞，没有人注意到莫格里一行人。

与此同时，巨大的音响声打乱了卡奥的行动，她不仅没能抓到猴子，自己也不得不退到城堡外面。卡奥实在无法忍受这突如其来的巨大震动。

“我得快点去找姐姐！”尼妮看到这种情形，非常着急。

于是，尼妮模仿着猴子们跳舞的样子，悄悄混入了猴群。莫格里和其他动物还没来得及劝阻，她已经融入跳舞的队伍里了。

巴鲁看着尼妮在猴群中穿梭，感叹道：“与其说尼妮是人类的幼崽，不如说她更像是猴崽子。是吧？”

巴鲁的话，让大家一时间无言以对。

巴希拉碰了一下巴鲁说：“不，她就是人类的幼崽。你看她多聪明啊！”

尼妮手舞足蹈地跳着舞，慢慢向甘妮靠近。而猴子们还在尽情享受着音乐带给他们的快乐，谁也没有阻止尼妮混进来。

第七章　逃离猴群

终于，尼妮见到了甘妮。

“姐姐！”

“尼妮！”

两人激动地拥抱在一起。这一刻，仿佛整个世界都安静下来了。姐妹俩彼此都享受着这个时刻。

尼妮找到了甘妮，感觉自己的心瞬间安定了。这时，她又想起了自己此行的任务，赶紧对甘妮说：“姐姐，快点关闭音响。蟒蛇是来帮助我们的，她叫卡奥。可现在因为音响，卡奥没办法进入这里。”

“蟒蛇吗？我看一眼都会浑身发抖……”甘妮想到在电视里看过的蟒蛇将出现在眼前，就感觉毛骨悚然。

“考虑到这里猴子太多了，救出姐姐很困难。所以我们找到丛林里最强大、最有智慧的卡奥一起帮忙营救你。”尼妮解释道。

思考片刻，甘妮开口说道：“那就这么做吧！”

甘妮收起了音响，又和尼妮一起从魔法书中拿出一台大屏电视机播放给猴子们看。果然，猴子们又被电视中的姐妹俩深深地吸引住了。趁这个机会，甘妮和尼妮从容地穿过猴群走了出来。

姐妹俩在大会厅门口遇到了莫格里一行，本想热情地打个招呼，可是莫格里他们也被电视给迷住了。

姐妹俩相视一笑，拍了拍莫格里的肩膀。

“莫格里，醒一醒！”

莫格里大吃一惊，反复对比着电视里的甘妮、尼妮和眼前的姐妹俩，喃喃道：“难道你们是魔法师？怎么这里也有你们，那里也有你们？”

棉花糖得意扬扬地抢答：“那个叫电视。站在你面前的是真人，电视里的只是画面！”

紧接着，甘妮和尼妮拉了一下巴鲁和巴希拉。两人也像从梦中惊醒一样，身体突然一激灵，慢慢恢复了理智。

“好了，我们快点离开这里吧。还有很多事情要做呢。”棉花糖边说边走。

看到棉花糖如此成熟稳重的样子，甘妮目瞪口呆。

“姐姐，棉花糖可是我们的指挥官呢。”尼妮笑着对甘妮说。

甘妮和尼妮，还有莫格里一行人赶紧逃离了猴子们的城堡。

“我们现在就去找黄金树吧。”莫格里兴奋地说。

巴鲁让甘妮和棉花糖骑到了自己背上。巴希拉则载着莫格里和尼妮。随后，他们如疾风一般在丛林中快速穿梭。

甘妮和尼妮，以及莫格里一行人来到了一片沼泽地。沼泽地四周幽深寂静，仿佛蛰伏着可怕的东西。

巴鲁说：“过了这片沼泽，就能看到黄金树了。”

巴鲁和巴希拉载着孩子们，缓缓走进泥泞的沼泽地。沼泽不算太深，只要慢慢行走，就能顺利通过。

这时，环顾四周的尼妮疑惑地问道：“沼泽里的树，原本就会移动吗？”

“可能是水波的缘故，看起来好像是树在移动。”莫格里回答道。

甘妮也正在观察周围的状况，她一脸凝重地说：“好像不是那样。这些树真的在动！”

话音刚落，沼泽上垂下来的树枝突然犹如一根根触手，直直地伸向甘妮一行人。

众人大惊失色。巴希拉最先反应过来，他身形灵活，载着尼妮和莫格里敏捷地上了岸。

然而，巴鲁却无法在泥泞不堪的沼泽里快速地挪动身体。树枝在后面紧追不舍，马上就要碰到甘妮和棉花糖了。

千钧一发之际，尼妮急中生智，赶紧从魔法书里拿出火把，拼命挥向树枝。

树枝被火焰驱赶退缩之际，巴鲁也顺利爬上岸。就在这时，坚硬的树果突然像雨点一样落了下来，打在甘妮一行人的身上。

“啊！这些是树的果实吗？大家快跑！”甘妮大喊。

众人用手护着头，一路向前狂奔。这时，巨大的捕蝇草也追了上来，它们张着大嘴想要猛咬姐妹俩和莫格里的腿。然而巴希拉抢先一步，挡在了他们的前面。捕蝇草转身咬住了巴希拉的大腿，但强壮的巴希拉轻松地摆脱了它们。幸亏有巴希拉的帮助，孩子们才能从植物们的攻击中平安脱险。

脱险后的一行人在平地上休息。巴鲁用他厚实的熊掌拍在地面上，愤愤道：“肯定有谁在森林里施了魔法。”

听了巴鲁的话，巴希拉咬牙切齿地说："谁什么谁，不用想也知道，就是黑魔法师干的。看来黑魔法师已经到这里了。"

莫格里担忧地说："黑魔法师不会已经找到黄金书签了吧？"

"不用担心。黄金树能识别丛林中的动物，它不会将黄金书签送给别人的。"巴鲁安慰莫格里。

巴希拉站起来，在平地上踱了几步，催促道："只要翻过这块岩石，就能找到黄金树了。我们快点走吧！"

就在这时，希尔汗出现在平地边的一块巨岩上，目露凶光地说："谁允许你们走了？"

甘妮一行人与希尔汗在森林深处狭路相逢。

希尔汗也不多说，大吼一声，猛地一跃，扑向孩子们。

大家迅速后退，巴鲁和巴希拉连忙将孩子们围了起来。孩子们虽然没有受伤，但尼妮的包掉落在地上了。

“啊，我的包！魔法书！”尼妮惊慌地大喊。

此时，从包里弹出来的魔法书正好落在希尔汗的面前。

希尔汗往前走了几步，低头仔细嗅了嗅魔法书的味道，然后一脚踏在上面，傲慢地说：“这本书主人的味道不错嘛！”

巴鲁和巴希拉勃然大怒。他们怒目圆睁，发出雷鸣般的咆哮声，拦住希尔汗。

“你想干什么？”巴鲁怒吼道。

巴希拉全身肌肉紧绷，紧紧地盯着希尔汗，做出防御的姿态。

“哈哈哈，今天我要让你们亲眼见识一下我到底有多厉害！放心！我一定不会手下留情，你们可要做好准备啊！”今天的希尔汗与以往不同，在巴鲁和巴希拉面前也毫不退缩，反而带着挑衅的意味。

看到这种情况，巴鲁不屑一顾地说：“你是被塔巴奎那个疯子咬了吗？脑子出问题了吧？”

希尔汗怒不可遏，朝着巴鲁挥舞着他那巨大的爪子。

巴鲁被希尔汗强大的力量所震慑，不由得退了几步。这下，希尔汗更加得意了。

希尔汗想要利用黑魔法师给予的力量，打败巴鲁和巴希拉，并吃掉孩子们。想到这里，他兴奋不已。

“你最好不要小看我们。”巴希拉和巴鲁已经做好了进攻的准备。

莫格里也俯下身子，随时准备加入战斗。

甘妮和尼妮不知所措地跺着脚。

怎么办？虽然我喜欢看动作电影，但是我不能接受打斗现场在我眼前上演。

生命危在旦夕的紧要时刻，你还有心情开玩笑？

姐姐！魔法书在那边。

尼妮，等一下！我们得找准时机。

希尔汗与巴鲁、巴希拉怒目而视，缓慢移动身体，寻找着出手的机会。这也使得希尔汗远离了魔法书。甘妮和尼妮也随着巴鲁和巴希拉慢慢移动起来。

就是现在！

姐妹俩眼疾手快，一把举起了魔法书。

看，这里有肉！
接着吧！
嗷呜！
趁现在，抓住希尔汗！
你们这些家伙！
在你那尖尖的爪子上……
插上柿子怎么样？
嗷吼！

嗷！你们太小看我了！
唰
唰
哦，没想到还挺好吃的。
不过，你们俩应该会更美味吧！
嘶
那这次就……
尼妮，快点啊！
我太喜欢箱子了！
猛然一扑
里面竟然铺满了松软的树叶！我再也不想从箱子里出来了！

看到希尔汗躺在箱子里十分享受的样子，巴鲁和巴希拉不约而同地看向甘妮和尼妮，露出了赞叹的眼光。

莫格里羡慕地说：“魔法书可真厉害。这是从哪里弄来的？”

巴希拉听出了莫格里的羡慕。他用温柔的眼光看着莫格里，引导他。

莫格里，甘妮和尼妮所拥有的最强大的力量是思考的能力。你是人类的孩子，你也一定具备同样的能力。人类的思想比森林更广阔，比海洋更博大。

莫格里，你想用魔法书做什么呢？或者你有想要的东西吗？

好好想想你需要什么。你一定会感受到思考的力量。

我觉得我已经拥有了很多东西，仔细一想，似乎也没什么需要的。

那做好的食物怎么样？不用辛辛苦苦去狩猎，就能吃到美味的食物。比如，金黄金黄的炸鸡块！

瞬间，魔法书中就出现了热乎乎的炸鸡。

这么说的话，我们是不是也需要一本魔法书啊？

好香啊，真让人垂涎欲滴。

巴鲁和巴希拉被炸鸡的香味所吸引，嗅着味道向前走去。但是，莫格里立刻摇了摇头，说：“不，不用了。想要获取什么，就必须付出相应的努力和代价。这才是丛林的法则！”

听到莫格里的话，巴鲁和巴希拉露出了欣慰的表情。

第九章　守护黄金树

经历一番磨砺，甘妮和尼妮终于站到了黄金树的前面。黄金树茂盛的树枝上闪耀着金色的光芒，令人感到惊艳，更让人陶醉其中。金黄色的花朵里，散发出无法言喻的清新香气。

“哇，太……太美了。不，用任何语言都形容不出它的美。”尼妮沉醉地赞叹道，继而转头问棉花糖，“棉花糖，这种情景该怎么说呢？”

面对尼妮的提问，棉花糖“汪汪”叫了两声。

“这时候你倒是不说话了，想用叫声来糊弄我，是不是？”尼妮嘟囔道。

大家看着尼妮和棉花糖的可爱模样，开怀大笑起来。

突然，随着一阵机器的轰鸣声，周围的树木纷纷倒下。原来是人们正在砍伐树木，而且已经砍伐到了附近。

开发商领着村民们，站在黄金树前说：“来，各位，把这棵大树也砍下来卖掉！所得的收入，就作为我们村的发展基金吧！”

这时，村民们开始窃窃私语。

“听说触碰黄金树的话，身体就会立刻变成金子。”

“是啊，据说子子孙孙都会受到诅咒！”

“虽说是开发森林，但最好还是不要打黄金树的主意吧。”

村民们议论纷纷，谁也不敢靠近黄金树。

开发商不顾人们的反对，用强硬的口吻说：“各位，如果没有藐视困难的勇气和坚定的决心，怎么能成为富人？想成为像我一样的超级富翁的人，请举手！”

村民中有零星几人犹犹豫豫地举起手来。

开发商把最先举手的青年叫到面前。然后，带着青年来到黄金树下，诱惑道：“来，好好看看吧。这棵树到底有多美！想象一下，假如你拥有了黄金树，那将是何等的幸福！”

青年彻底陶醉在开发商编织的美妙幻境之中，出神地凝视着黄金树。

突然，开发商一把将青年推向黄金树。青年猛地一个踉跄，身体顿时失去了平衡。他就像被风吹动的芦苇，左右摇摆着向前倾去，一不小心碰到了黄金树的树干。一瞬间，青年的身体变成了金灿灿的金子。

“嗬！”一阵惊叹声响起，随后陷入了一片寂静。

甘妮一声大叫，打破了沉寂的气氛。

“那个人是黑魔法师！他不仅要破坏森林，还要毁灭村庄。他是要将幻想王国里的一切都摧毁的恶魔！”甘妮话音刚落，人群立刻骚动起来。

黑魔法师也不再伪装，终于露出了真面目。

衣着光鲜的开发商，刹那间变成了披着黑色斗篷的黑魔法师。

“既然已经到了这个地步，那就没必要再伪装了。”黑魔法师决定消灭掉这里的所有人。他掌心相对，手指并拢，把全部力量集中到指尖上。

莫格里急切地向鸟儿们呼喊：“快把森林里的动物们全都叫来！我们要一起守护黄金树！”

听到莫格里的话，鸟儿们扑腾着翅膀飞向各处。很快，莫格里的话就传遍了整个森林。

大到大象，小到蚂蚁，森林里所有的动物们成群结队地涌向黄金树。动物们奔跑的声音震耳欲聋，仿佛地震了一般，大地都在猛烈地晃动。

接着，莫格里对村民们说：“我们都是血脉相连的一家人！是大地之母和天空之父的孩子，也是在森林的怀抱里一起成长起来的兄弟！单凭个人的力量是无法战胜他的。让我们联起手来，一起对抗邪恶的黑魔法师吧！”

莫格里一边拉着甘妮和尼妮，另一边拉着巴鲁和巴希拉。他们手挽着手，将黄金树围了起来。随后，村民们和森林里的动物们也将黄金树团团围住。

所有人都齐心协力守护着黄金树。

这时，黑魔法师伸出双手，大声念起咒语。

从黑魔法师的脚下吹起了一阵黑色的旋风。顷刻间，狂风大作，飞沙走石。旋风犹如一个巨大的陀螺，在空中肆意翻滚，瞬间吞噬了黑魔法师。

莫格里艰难抵御，并大声疾呼：“大家一定要紧紧抓住旁边的人！绝对不能松手啊！”

在莫格里的呼吁下，人类和动物们紧密连接在一起，彼此牢牢握住对方的手，谁也没有松开。

黑旋风滚滚而来，马上就要碰到挡在前面的动物了。突然，“咔嚓”一声，一束强烈的光线直刺云霄，如同一把锋利的剑劈开了厚重的云层，散发出耀眼的光芒。

原来是黄金树的金色光芒聚集到了一起，爆发出了巨大的能量。大家想要守护黄金树的坚定信念，似乎触发了某种魔力。

黄金树光芒万丈，它用自己的光辉包裹住村民们和森林里的动物们，把周围的黑旋风驱散到了远方，而旋风中的黑魔法师也消失得无影无踪。

随后，黄金树也消失了，留下一枚熠熠生辉的黄金书签。

尾声　棉花糖说了什么

“汪汪！”棉花糖叫了。

尼妮露出诧异的表情说：“什么？你说的我听不懂。”

甘妮也在旁边着急地说：“棉花糖，你慢慢说。”

“怎么了？棉花糖跟姐姐们说了什么呀？”看到甘妮和尼妮的样子，爸爸和妈妈微微一笑。

尼妮一脸严肃地回答：“好像在说些什么，但是我不知道。怎么突然听不懂了呢？”

爸爸一头雾水，他摸了摸头，说：“刚才发生了什么事？”

“是啊，我完全不知道孩子们在说些什么。”妈妈也困惑极了。

甘妮和尼妮目不转睛地盯着对方。

尼妮瘪瘪嘴说：“如果想要听懂棉花糖在说什么，是不是还得回去一趟啊？”

甘妮失望地回答道：“看来得经常回去了。平时我就喜欢跟棉花糖说说话。”

“汪汪！”棉花糖又叫了起来。她摇着尾巴走过来，轻轻拉了一下尼妮的裤脚。

“姐姐，这次我好像听懂了。她说还想去爬山。”尼妮露出了然的笑容。

甘妮笑着跟尼妮说：“是啊，棉花糖，我也想再去爬一次山。森林给了我们珍贵的记忆，对吧？”

这时，在甘妮和尼妮身后，飞过一只美丽的蝴蝶。那只蝴蝶像黄金树一般璀璨夺目。它轻盈地舞动翅膀，翩翩起舞，犹如童话中的精灵洒下点点璀璨的光芒。

魔法画家

填补动物脸部空白处，创作一幅属于你的动物画像!

名著聊天室

托尼邀请甘妮和尼妮加入聊天室。

甘妮，你被灰猴群掳走时，一定吓得不轻吧？

确实。尽管我以为自己对冒险已经习以为常了，但被灰猴群掳走后，在丛林里急速穿梭时，还是吓得瑟瑟发抖。

因为惦记姐姐的安危，我也一直提心吊胆的。

尼妮，你真的长大了。现在都知道担心我了！

可不是吗？尼妮克服了种种困难救出了姐姐。你可真棒！

其实能够救出姐姐，多亏了莫格里和动物朋友们的帮助。其中，棉花糖起到了至关重要的作用。

如果能像在《丛林之书》的王国里一样，经常和棉花糖说说话，那该有多好啊。

说不定作者真能听懂动物们的语言呢。也许正因如此，他才能写下《丛林之书》这样的作品吧！

没错！如果不是那样的话，他的想象力简直太惊人了。

哈哈，这个我不太清楚。不过故事的背景地在印度的原始森林，所以作品中很有可能融入了作者的亲身经历。

难道作者是印度人？我以为他是英国人呢。

他是英国人，但他在印度、英国、美国等多个国家居住生活过，也游历过许多地方。

看来他把丰富的生活经验融入作品之中了啊。

托尼，你再多告诉我们一些关于这位作家的事情吧。我太想知道了！

名家简介

1907年诺贝尔
文学奖得主

约瑟夫·鲁德亚德·吉卜林

1865年12月30日—1936年1月18日
英国小说家、诗人

约瑟夫·鲁德亚德·吉卜林于 1865 年出生于印度孟买，并在那里度过了自己的童年。他的父亲当时在印度的一家博物馆担任馆长，这也促使吉卜林全家从英国移居到了孟买。多年的生活背景成了他后来创作的灵感源泉，也为他笔下的故事带来诸多异域风情，他的代表作《丛林之书》中便体现了这一点。在吉卜林 6 岁时，他同 3 岁的妹妹一起被送到了英国一间儿童寄养所接受教育，直到 12 岁离开。但是他在这里的生活并不愉快，受到的关爱非常有限。当时，居住在印度的英国贵族家庭都会把他们的孩子送到英国去接受正统的英国教育。然而，对于吉卜林来说，在英国的这段日子是一段痛苦的经历，这段经历在很大程度上影响了他以后的创作，比如他在许多作品中描写儿童时都充满了温柔和期望。

吉卜林完成学业后，18 岁那年返回了印度，成为一名记者，并开始尝试发表自己的作品。25 岁时，他再次回到英国，28 岁时与卡罗琳·泰勒结婚，此后一家人移居美国。吉卜林在美国的日子并不平顺。他的女儿约瑟芬·吉卜林在 6 岁时，因肺炎早逝。这段悲痛的经历深刻地触动了吉卜林，激发他创作了包括《原来如此的故事》在内的多部作品，而这些故事原本是他为女儿讲述的睡前故事。38 岁之后，吉卜林选择在英国定居，但他的脚步从未停歇，旅行成了他生活的一部分。在南非，他目睹了布尔战争的残酷，并对惨烈的战争进行了报道。

吉卜林的作品中所体现的杰出的叙事与高超的文学性备受后世推崇，对世界文学影响深远。他的文笔生动而富有张力，这或许是从博物馆馆长的父亲和艺术家母亲那里继承的天赋。孟买的多元文化背景，以及他游历世界的丰富经历，都为他的作品增添了独特的色彩。他将这些经历视为创作的源泉，并不断地将它们转化为一个个引人入胜的故事。这种创作风格造就了他别具一格的文学世界。

1907 年，42 岁的吉卜林荣获了诺贝尔文学奖，他是英国第一位诺贝尔文学奖获得者，也是迄今为止最年轻的诺贝尔文学奖获得者。诺贝尔委员会在授予他奖项的授奖词上写道："他的作品以观察入微、思想新颖、气势雄浑和叙述卓越见长。"

《丛林之书》首版封面

穿靴子的猫
彼得·潘
绿野仙踪
爱丽丝梦游仙境
红发安妮
丛林之书

名著岛
亨塞尔与格莱特
王子与乞丐
海的女儿
美女与怪兽
木偶奇遇记
格列佛游记

图书在版编目(CIP)数据

遇见森林王子/(韩)智逌莉著;(韩)李景姬绘;赵英来译. 一福州:海峡文艺出版社,2024.12(2025.1 重印)
(魔法图书馆)
ISBN 978-7-5550-3911-2

Ⅰ.I312.685

中国国家版本馆 CIP 数据核字第 2024EL7709 号

遇见森林王子

[韩]智逌莉　著　[韩]李景姬　绘　赵英来　译

出 版 人　林　滨
责任编辑　邱戊琴
助理编辑　王清云
出版发行　海峡文艺出版社
经　　销　福建新华发行(集团)有限责任公司
社　　址　福州市东水路 76 号 14 层
电话传真　0591－87536797(发行部)
印　　刷　福州德安彩色印刷有限公司
厂　　址　福州市金山工业区浦上标准厂房 B 区 42 幢
开　　本　720 毫米×1010 毫米　1/16
字　　数　80 千字
印　　张　8
版　　次　2024 年 12 月第 1 版
印　　次　2025 年 1 月第 2 次印刷
书　　号　ISBN 978-7-5550-3911-2
定　　价　29.00 元

如发现印装质量问题,请寄承印厂调换